Sos Thurpos
The blind ones

Illustrazione in copertina a cura di Lina Dettori

Cover illustration by Lina Dettori

Traduzione a cura di Gloria Zoroddu

Translation by Gloria Zoroddu

A Orotelli

Prefazione

C'era una volta e c'è ancora, un villaggio cinto da una corona di granito dove il mito sopravvive nel presente, insinuandosi tra la routine straordinaria e celeste dei suoi abitanti.

In questo villaggio, l'estate scatena il suo fuoco in cieli tersi e senza nuvole, e nei mesi d'inverno si scatena la magia.

Occhi blu, neri e castani, brillano in una maschera di nero e cenere. Spezzano la catena del tempo, catapultando i presenti in un mondo altro, dove l'uomo rimane uomo ma diventa anche animale, dove il caos della civiltà si annulla davanti alla maestosità terribile della natura sarda.

Adesso ci sei tu, che stai per leggere questo libricino. Ti immergerai in questo pezzo di eterno e lo porterai in tasca con te, ovunque tu vada, per sempre.

Gloria Zoroddu

PRIMA

A maggio fa molto caldo, anche nel 594 d.C. Un uomo siede su un trono lussuoso e posa i suoi occhi azzurri sulla cartina della penisola italiana. Fissa un'isola grande al centro del Mediterraneo. È stanco. Papa Gregorio è stanco di quegli uomini che uomini non sono, ma bestie. Vivono senza il timore di Dio, lontani da tutto e tutti e non si fanno avvicinare da nessuno. Non l'hanno mai fatto.

Ma c'è una possibilità. Uno di loro si sa relazionare con altri essere civilizzati, ed è su di lui che egli ripone le sue speranze.

Affonda la punta del cal amo e inizia a macchiare un foglio che sarà indirizzato proprio a quell'uomo, Ospitone, il comandante dei barbaricini, le genti che abitano il centro-Sardegna.

"Poiché nessuno della tua gente è Cristiano, per questo so che sei il migliore di tutto il tuo popolo: perché sei Cristiano. Mentre infatti tutti i Barbaricini vivono come animali insensati, non conoscono il vero Dio, adorano legni e pietre, tu, per il solo fatto che veneri il vero Dio, hai dimostrato quanto sei superiore a tutti. Ma dovrai mettere in atto la Fede che hai accolto anche con le buone opere e con le parole, e al servizio di Cristo, in cui tu credi; dovrai impegnare la tua posizione di preminenza, conducendo a Lui quanti potrai, facendoli battezzare e ammonendoli a prediligere la vita eterna. Se per caso tu stesso non potrai fare ciò perché sei occupato in altro, ti chiedo, salutandoti, di aiutare in tutti i modi gli uomini che abbiamo inviato lì, cioè il mio "fratello" e co-episcopo Felice e il mio "figlio" Ciriaco, servo di Dio consolatore, e di aiutarli nelle loro mansioni, di mostrare la tua devozione nel Signore onnipotente, e Lui stesso sia per te un aiuto nelle buone azioni come tu lo sarai per i servi consolatori in questa buona opera, e tramite loro ti mandiamo veramente la benedizione di San Pietro Apostolo, che ti chiedo di ricevere con buona disposizione d'animo"

È sempre il 594 d.C e ci troviamo in quel luogo lontano e sperduto tanto disprezzato da Gregorio Magno.

Il sole brucia le pietre ma il Vento è amico dell'isola, e rinfresca le sue anime fedeli non meno del suo mare.

I Nurrenses abitano luoghi che un millennio dopo acquisiranno nuovi nomi: Aeddos, Sa Serra, Orotelli. Ma tutti questi nomi ricorderanno fedelmente il passaggio dei loro antenati sulla loro madre-terra.

I Nurrenses sono ignoranti. Ma non sono ignoranti perché non conoscono Dio e adorano pezzi di legno e pietre. Sono ignoranti perché hanno scelto di ignorare la civiltà circostante ascoltandone un'altra, più antica delle aquile dei Romani.

È una civiltà che ascolta il brusio del vento e gli svolazzi delle foglie. Ascolta l'acqua e ne assorbe la limpida bellezza. I Nurrenses vivono con la natura, e adorano la loro terra come si può amare solo una madre o l'amore della tua vita. Per loro case pompose e vestiti bianchi fasciati di porpora non sono la civiltà. La civiltà è in ciò che ci ha messo al mondo, ed è a lei che si deve rendere grazie ogni giorno.

In tanti provarono a far chinare loro la testa, a imporre un'altra cultura. Le coste della Sardegna già recano il segno ineluttabile del dominio straniero, ma non in Barbagia. Fenici, Cartaginesi, Romani avanzarono con spade affilate e scudi pesanti.
Ma lo scudo dei Nurrenses è la loro Barbagia: le montagne impervie su cui l'uomo, quando avanza con i suoi complessi artifici non può sopravvivere. I Nurrenses sono agili come felini e conoscono ogni singolo anfratto, che terrorizzerebbe chiunque ma non loro: per loro è casa. Ed è per questo motivo che gli sforzi delle genti più potenti del mondo, per millenni, non valsero a nulla. E ancora rimbomba nel cuore dei barbaricini il legame magnetico che li lega ad ogni pietra dei suoi borghi, al vento, alla pioggia.
La pioggia.

C'è bisogno di pioggia, sennò non si campa. Gli animali non hanno da bere, gli alberi non danno frutti, i campi sono tristi e sterili. Questo i Nurrenses lo sanno bene ma a tutto c'è una soluzione. La soluzione è sempre lì, nella natura. A sorvegliare la bellezza terribile della natura sarda ci sono alcuni dei, a cui i Nurrenses devono rivolgersi, ciclicamente, per sopravvivere.

Dunque, mentre Gregorio Magno scrive la lettera allo scopo di razziare la civiltà barbaricina, i Nurrenses stanno per compiere il solito rito.

Il vino, sacro a Dionisio, scatenerà il miracolo. Quindi si inizia a bere, come fecero ad Atene, Sparta, Tebe ed altre città che segnarono la vera nascita dell'Occidente.

Adesso i Nurrenses hanno già bevuto. Il vento si scatena e fa danzare gli alberi insieme agli uomini, che saltano seguendo un ritmo cadenzato, preciso ed euforico che porterà la pioggia e il benessere nelle loro case. Adesso il dio è dentro di loro. I Nurrenses non sono più uomini. Sono diventati il dio. Dionisio è dentro di loro e riempie le loro vene di una vita che solo gli immortali possono sentire.

La carne va tagliata e donata a Dionisio. Ed è come se si stesse tagliando l'anima del dio, che uccisa, scenderà nell'inferno per poi risorgere, ancora una volta, quando i Nurrenses evocheranno il suo spirito.

Il rito è finito. Intanto piove. Intanto quei tali, Felice e Ciriaco, iniziano a scendere a patti con Ospitone, per imporre la loro civiltà su quella dei Nurrenses.

E i Nurrenses non sanno che 1500 anni più tardi, il loro spirito esploderà in quello dei suoi eredi diretti, Sos Thurpos, che ogni anno metteranno in atto quel rito, annullando il passato e il presente, unendo il tutto in un soffio d'eterno che ha il suono di campanacci in movimento, sughero bruciato e pelle nera.

POI

Luglio. 1718. È tardo pomeriggio e i piccoli di Orotelli possono uscire a giocare. Per Maria e Su Sole è ormai troppo tardi: oggi non ha rubato nessun piccolo alle famiglie del paese. Narzisu, Mattiu e Antoni lo sanno, e corrono a piedi nudi mangiandosi le strade polverose di Via Dionisi. Scagliano sassi per colpire lucertole e cavallette, giocano a *s'istrumpa*, si nascondono, si cercano e si nascondono ancora.

Il sole spumeggia a Orotelli. La corona di granito che cinge il paese, elegante e maestosa, sprigiona un calore a stento sopportabile.

Ma i tre bambini sono nati da un ventre di madre e granito e non sentono il caldo: vogliono solo giocare. La loro pelle è color miele, gli occhi e i capelli recano il colore della nera terra bagnata di pioggia.

Vestiti di poco, ricchi di sogni e fantasia, iniziano a incidere figure geometriche sul selciato. Poi prendono dei sassolini. Sono pronti. Ora possono giocare a *Paradisu*.

Saltano in avanti, poi a destra, poi a sinistra. Cercano di incastrare i piedi terrosi dentro le figure geometriche per arrivare lì dove si trova il sasso che hanno lanciato poco prima.

Sotto lo stesso cielo celeste e infuocato Caterina allatta la sorella di Narzisu. La culla sussurrando una melodia che profuma di ipnosi e di antico.

> *...A duru duru a duru dai*
> *pitzinna bella non morzat mai*
> *e si bi morit bi morzat bitella*
> *de cuddas bellas de Illorai*
> *A duru duru a duru dai...*[1]

La bimba cede al sonno, cullata dalla dolcezza di sua madre e dal sapore onirico dell'antica ninnananna.

---

[1] *A duru duru a duru dai, la bella bambina non morrà mai. E se qualcosa dovesse morire che siano vitelli, di quelli belli di Illorai. A duru duru a duru dai.*

L'estate è torrida a Orotelli. Il sole veste il paese di fichi d'india, rovi e paradiso, ma questo non basta: la terra deve macchiarsi di grano dorato, sennò non c'è pane, sennò il gregge non può mangiare. Serve la pioggia.

La pioggia.

Caterina adagia la bella addormentata nella culla in legno e le dà un bacio in fronte. Bussa alla porta di Gonaria, la mamma di Mattiu. A casa di Gonaria c'è Luisa, la mamma di Antoni.

Le tre donne chiamano i loro figli, che rattristiti, abbandonano il gioco e si presentano al cospetto delle loro madri.

Nelle mani dei piccoli, tre barelle costituite da due canne incrociate con al centro una corona di piante di pervinca.

Sfilano per le strade del vicinato declamando una preghiera più antica delle aquile dei Romani:

> *Maimone Maimone*
> *Abba cheret su laore*
> *Abba cheret su siccau*
> *Maimone laudau*[2]

---

[2] *Dionisio, Dionisio, il grano vuole acqua, il secco vuole acqua, sia lodato Dionisio.*

Al loro passaggio, con catini d'acqua e rigoroso rispetto, la gente viene fuori dalle case, bagnando la terra e i ragazzini.

Allo scroscio dell'acqua sulla polvere si aggiunge, all'improvviso, il suono di cavalli in corsa. Sono uomini inquietanti, maestosi, misteriosi: *imbacuccati nei loro cappotti di orbace nero, con i cappucci puntati rialzati, sembrano gente d'inferno*[3].

Son Sos Thurpos, "i ciechi", gli eredi nei Nurrenses. Sono lì per pregare con i loro compaesani, affinché la pioggia macchi d'oro e di benessere i campi del paese.

Si sta per compiere il rito propiziatorio, quando un uomo, basso e cicciottello irrompe nella stradina. È il sacerdote di Orotelli. Volge agli orotellesi uno sguardo di ghiaccio e dice che no, quello che stanno facevano non si può fare perché è peccato. Quello che stanno dicendo viene prima di Cristo, e il dio a cui stanno pregando è un fantoccio pagano.

È peccato. È PECCATO! E cosa può spaventare la povera gente più della punizione divina?

---

[3] *Salvatore Cambosu, Una stagione a Orolai.*

Ma la storia ci insegna che le radici dei barbaricini non si possono cancellare. Si può aggiungere un "Sennora" alla preghiera per Maimone, allo scopo di non far arrabbiare i sacerdoti. Si può ricoprire il rito a Dionisio di strati di secoli e polvere. Ma la memoria degli Orotellesi è fatta di granito. Nessun ammonimento può estirpare le loro tradizioni millenarie.

OGGI

16 Gennaio 2023.

Diamanti di ghiaccio baciano i tetti delle case del paese. L'inverno stride e ulula. Ma presto ad Orotelli farà caldo, molto caldo. Bisogna solo aspettare che il rito millenario si ripeta, e tutti saranno uniti da un'infuocata magia.

È tardo pomeriggio. Un gruppo di ragazzi consumano caffè e acqua. Sembrano ragazzi qualunque ma a breve diverranno irriconoscibili.

Pagano il conto e percorrono la strada centrale del paese, imboccando un viottolo antico, che li porta davanti a casupole basse e maestose e davanti ad una vecchia chiesa.

È il momento. Ora i ragazzi si vestiranno e diverranno Sos Thurpos, "i ciechi".

Il sughero viene bruciato e partorisce cenere. La cenere viene cosparsa sul viso. Ecco che l'identità inizia a sparire e si scorgono solo occhi blu, neri, verdi, marroni.

Ora indossano pantaloni di velluto, gambali e scarponi. Poi un cappotto in orbace più nero della nera notte che ha cappuccio appuntito, e copre la fronte e la faccia. Perché adesso quei ragazzi non sono più Marco, Antonio o Fabio: sono Sos Thurpos. Una cintura in pelle fascia il cappotto misterioso, e dalla cintura campanacci in ottone iniziano a suonare la musica della routine dei pastori e dei loro animali.

Insieme alla cintura in pelle una corda.

Insieme alla cintura in pelle un corno in cui verrà versato il miele sacro a Dioniso.
Sulle spalle di alcuni un aratro.
Sulle mani di un altro una borsa in pelle piena di semi.
Ora sono pronti. Possono uscire, e la loro uscita euforica e animalesca scatenerà l'inizio della festa delle feste, in cui nei tempi antichi tutto era concesso e ribaltato. L'uomo può nascondere sé stesso e diventare chi preferisce. I bambini possono realizzare i loro sogni con spade in plastica, mascherine, coriandoli e gonne principesche. È iniziato il carnevale. È iniziato su carrasecare.

17 Gennaio 2023.

È notte ad Orotelli. Le rocce di granito sono stalattiti di ghiaccio, e le casupole del centro storico ronfano, silenziose.

Ma la gente non dorme. Il 17 gennaio non è un giorno come un altro ad Orotelli.

Prendi la mia mano. Attraverseremo insieme la strada centrale del paese. Imboccheremo un viottolo a ridosso del municipio che ci condurrà nello spazio in cui ogni anno si compie la magia. L'antica chiesa di Sant'Antonio è come una regina che sorridi ai suoi devoti seguaci. Davanti a lei un grande fuoco. Strepita, scalpita, scalcia istericamente, e le sue scintille si spargono sul cielo blu generando nuove stelle. Aspetta qualcosa.

Anche la gente aspetta qualcosa.

Ed ecco che il tuono dei campanacci annuncia l'arrivo de Sos Thurpos, "i ciechi".

Il sacerdote compie tre giri attorno al fuoco e lo benedice, perché ormai il profano è sopravvissuto, mischiandosi al sacro.

Dopo di lui, inizia il rito propiziatorio, che come i tempi che furono ha lo scopo di ammansire gli spiriti maligni, per portare benessere e ricchezza nel paese.

Quella dei Thurpos è una danza ma non è una danza. È una processione ma non è una processione. Dunque cosa è? Come la si può definire?

La musica che seguono, il ritmo su cui saltano è quello della natura.

Uno di loro tiene altri due ancorati a una fune. I due portano sulle spalle un aratro, perché uno è pastore e gli altri sono buoi. Eppure sono uguali. Sono uguali perché Sos Thurpos ci dicono che l'uomo dipende dall'animale quanto l'animale dipende dall'uomo. Tra il pastore e l'animale deve stabilirsi un rapporto di rispetto ed interdipendenza, sennò non si campa, sennò la pioggia non arriva.

Un altro Thurpu è un maniscalco, e ne sta ferrando un altro.

Un altro sparge semi per terra, per ingraziarsi la terra e il divino.

E il fuoco strepita, scapita, scalcia ancora di più, sembra agitare le sue braccia infuocate per partecipare al rito.

Tre giri attorno al fuoco. Una processione.

Poi si cattura un compaesano a cui si fa bere dal corno, e lui dovrà dare da bere a Sos Thurpos.

Lo spirito di Dionisio sorride, compiaciuto.

Poi il paese rende grazie a Sos Thurpos, offrendo fava e lardo, o maialetto arrosto. Poi si balla. Poi si canta.

L'euforia del carnevale è esplosa in pochi istanti e in tutta la sua impaziente frenesia.

E il 17 gennaio si ripeterà ancora, e ancora e ancora, perché è radicato nella memoria degli orotellesi, consciamente o inconsciamente, dai tempi dei Nurrenses.

Sos Thurpos
The blind ones

Preface

Once upon a time and still is, a village encircled by a granite crown where myth survives in the present, insinuating itself into the extraordinary and heavenly routine of its inhabitants.

In this village, summer unleashes its fire in clear, cloudless skies, and in the winter months, magic is unleashed.

Blue, black and brown eyes shine in a mask of black and ash. They break the chain of time, catapulting those present into another world, where man remains man but also becomes animal, where the chaos of civilisation is cancelled out before the terrible majesty of Sardinian nature.

Now there is you, about to read this little book. You are going to immerse yourself in this piece of eternity and carry it in your pocket with you, wherever you go, forever.

Gloria Zoroddu

BEFORE

It is very hot in May, even in 594 AD. A man sits on a luxurious throne and lays his blue eyes on a map of the Italian peninsula. He stares at a large island in the middle of the Mediterranean Sea. He is tired. Pope Gregory is tired of those men who are not men, but beasts. They live without the fear of God, far from everything and everyone, and do not let anyone approach them. They never have.

But there is a possibility. One of them can relate to other civilised beings, and it is on him that he pins his hopes.

He sinks the tip of the calamus and starts staining a paper that will be addressed to that very man, Ospitone, the commander of the people of Barbagia[4], the people who inhabit central Sardinia.

---

[4] Region in the centre of Sardinia in which people used to live and still live. Orotelli is in Barbagia.

"Since none of your people is a Christian, for this reason I know that you are the best of all your people: because you are a Christian. For while all the people of Barbagia live like senseless animals, they do not know the true God, they worship wood and stone, you, by the mere fact that you worship the true God, have shown how superior you are to all. But you will have to put into action the Faith which you have accepted also by good works and words, and in the service of Christ, in whom you believe; you will have to pledge your position of pre-eminence, leading as many as you can to Him, having them baptised and admonishing them to prefer eternal life. If by chance you yourself will not be able to do this because you are occupied with other things, I ask you, in greeting, to help in every way the men whom we have sent there, namely, my "brother" and co-episcop Felix and my "son" Cyriacus, God's servant comforter, and to help them in their duties, to show your devotion in the Lord Almighty, and may He Himself be a help to you in good deeds as you will be to the consoling servants in this good work, and through them we truly send you the blessing of Saint Peter the Apostle, which I ask you to receive with a good disposition of mind".

It is still 594 A.D. and we find ourselves in that distant and remote place so despised by Gregory the Great.

The sun burns the stones but the wind is the island's friend, refreshing its faithful souls no less than its sea.

The Nurrenses inhabited places that a millennium later would acquire new names: Aeddos, Sa Serra, Orotelli. But all these names will faithfully recall the passage of their ancestors on their mother-land.

The Nurrenses are ignorant. But they are not ignorant because they do not know God and worship pieces of wood and stones. They are ignorant because they have chosen to ignore the surrounding civilisation by listening to another one, older than the eagles of the Romans.

It is a civilisation that listens to the murmur of the wind and the fluttering of the leaves. It listens to the water and absorbs its limpid beauty. The Nurrenses live with nature, and worship their land as you can only love a mother, or the love of your life. For them, pompous houses and white clothes wrapped in purple are not civilisation. Civilisation is in what brought us into the world, and it is to that, that thanks must be given every day.

Many tried to make them bow their heads, to impose another culture. The coasts of Sardinia already bore the ineluctable sign of foreign domination, but not in Barbagia. Phoenicians, Carthaginians, and Romans advanced with sharp swords and heavy shields.

But the Nurrenses' shield is their Barbagia: the inaccessible mountains on which man, when he advances with his complex artifices, cannot survive. The Nurrenses are as agile as felines, and know every single ravine, which would terrify anyone but them: for them it is home. And that is why the efforts of the world's most powerful people for millennia were for nothing. And still reverberates, in the hearts of the Barbagia's people, the magnetic bond that binds them to every stone in their villages, to the wind, to the rain.

The Rain.

One needs rain, otherwise one does not live. The animals have no water, the trees bear no fruit, the fields are sad and barren. The Nurrenses knows this very well, but to everything there is a solution. The solution is always there, in nature. Guarding the terrible beauty of Sardinian nature are certain gods, to whom the Nurrenses must turn, cyclically, to survive.

So, while Gregory the Great writes the letter, in order to raid the Barbagia's civilisation, the Nurrenses are about to perform the usual ritual.

Wine, sacred to Dionysus, will trigger the miracle. Thus, people start drinking, as they did in Athens, Sparta, Thebes and other cities that marked the true birth of the West.

Now the Nurrenses have already drunk. The wind blows and makes the trees dance along with the men, who jump to a cadenced, precise and euphoric rhythm, that will bring rain and prosperity to their homes. Now the god is within them. The Nurrenses are no longer men. They have become the god. Dionysus is inside them and fills their veins with a life that only immortals can feel.

The flesh is to be cut off and given to Dionysus. And it is as if one were cutting the soul of the god, which, killed, will descend into hell only to rise again when the Nurrenses summon his spirit.

The ritual is over. Meanwhile it rains. In the meantime, Felix and Ciriaco begin to come to terms with Ospitone, to impose their civilisation on that of the Nurrenses.

And the Nurrenses do not know that 1500 years later, their spirit will explode into that of their direct heirs, Sos Thurpos, "The Blind Ones" who will enact that ritual every year, undoing the past and the present, uniting everything in a breath of eternity, that has the sound of moving cowbells, burnt cork and black leather.

THEN

July. 1718. It is late afternoon and the little ones of Orotelli can go out to play. For *Maria e Su Sole* [5] it is now too late: no little one has been stolen from the village today. Narzisu, Mattiu and Antoni know this and run barefoot through the dusty streets of Dionisi Alley. They throw stones to hit lizards and grasshoppers, they play *s'istrumpa*[6], hide, search and hide again.

The sun blazes in Orotelli. The granite crown surrounding the village, elegant and majestic, gives off a heat that is only just bearable.

But the three children were born of a mother's womb and granite and do not feel the heat: they just want to play. Their skin is honey-coloured, their eyes and hair bear the colour of the black rain-soaked earth.

---

[5] Mary of the Sun. A legend says that a Sardinian lady used to walk through the alleys of Barbagia's village to kidnap children who were playing when the sun was too strong.

[6] A Sardinian game in which children measures their strength by placing their hands on each other's shoulders and pushing each other forward.

Dressed in little, full of dreams and imagination, they begin to carve geometric figures on the pavement. Then they pick up pebbles. They are ready. Now they can play *Paradisu*.

They jump forward, then right, then left. They try to wedge their earthy feet into the geometric figures to get to where the stone they threw earlier is.

Under the same heavenly, fiery sky, Catherine nurses Narzisu's sister. She cradles her by whispering a melody that smells of hypnosis and antiquity.

> *...A duru duru dai*
> *pitzinna bella non morzat mai*
> *e si bi morit bi morzat bitella*
> *de cuddas bellas de Illorai*
> *A duru duru a duru dai...*[7]

The child succumbs to sleep, lulled by her mother's sweetness and the dreamy flavour of the ancient lullaby.

---

[7] A Sardinian lullaby: *...A duru duru, a duru dai, the beautiful child will never die. And if something must die, let it be calves, the beautiful ones from Illorai. A duru duru a duru dai..*

Summer is torrid in Orotelli. The sun dresses the village in prickly pears, brambles and paradise, but this is not enough: the earth must be stained with golden wheat, otherwise there is no bread, otherwise the flock cannot eat. It needs rain.

The Rain.

Catherine lays the sleeping beauty in the wooden cradle and gives her a kiss on the forehead. She knocks on the door of Gonaria, Mattiu's mother. At Gonaria's house is Luisa, Antoni's mother.

The three women call their children, who, saddened, abandon the game and present themselves before their mothers.

In the hands of the little ones, three stretchers made of two crossed canes with a crown of periwinkle plants in the centre.

They parade through the neighbourhood streets chanting a prayer older than the eagles of the Romans:

Maimone Maimone
Abba cheret su laore
Abba cheret su siccau
Maimone laudau[8]

---

[8] A Sardinian very old prayer: *Dionysus, Dionysus, the wheat wants water, the dry wants water, blessed be Dionysus.*

As they pass, with basins of water and strict respect, people come out of their houses, wetting the ground and the children.

The roar of water on dust is suddenly joined by the sound of running horses. They are uncanny, majestic, mysterious men: *hooded in their black orbace[9] coats, their hoods raised high, they look like people from hell[10]* .

They are Sos Thurpos, 'the blind ones', the heirs to the Nurrenses. They are there to pray with their fellow villagers that the rain will stain the fields of the village with gold and prosperity.

The propitiatory rite is about to be performed, when a short, pudgy man bursts into the alleyway. He is the priest of Orotelli. He turns an icy gaze on the Orotellesi and says that no, what they are doing cannot be done because it is a sin. What they are saying comes before Christ, and the god they are praying to is a pagan puppet.

It is a sin. IT IS SIN! And what can frighten poor people more than divine punishment?

---

[9] Rough woollen fabric.

[10] From a novel by Salvatore Cambosu, famous writer born in Orotelli.

But history teaches us that the roots of the people of Barbagia cannot be erased. One can add a 'Sennora'[11] to the prayer for Maimone, in order not to anger the priests. One can cover the rite to Dionysus with layers of centuries and dust. But the memory of the Orotellesi is made of granite. No admonition can uproot their millenary traditions.

---

[11] "Lady" in Sardinian'. A word used to pray Mother Mary.

NOW

16 January 2023.
Ice diamonds made of granite kiss the roofs of the village houses. Winter screeches and howls. But soon it will be warm in Orotelli. All one has to do is wait for the millenary rite to repeat itself, and all people will be united by a fiery magic.
It is late afternoon. A group of boys are drinking coffee and water. They look like ordinary boys but will soon be unrecognisable.
They pay their bill and walk down the central street of the village, taking an ancient lane that leads them past low, stately hovels and in front of an old church.
It is time. Now the boys will dress and become Sos Thurpos, "the Blind Ones".
The cork is burnt and gives birth to ash. The ash is sprinkled on the face and identity begins to disappear, and only blue, black, green, brown eyes can be seen.
Now they wear velvet trousers, leggings and boots. Then an orbaceous coat blacker than black night with a pointed hood, covering the forehead and face, because now those boys are no longer Marco, Antonio or Fabio: they are Sos Thurpos. A leather belt wraps around the mysterious coat, and from the belt brass bells begin to play the music of the routine of the shepherds and their animals.
Together with the leather belt there is a rope.

Along with the leather belt is a horn into which honey sacred to Dionysus is poured.

On the shoulders of some of them a plough.

On the hands of another one a leather bag full of seeds.

Now they are ready. They can come out, and their euphoric, animalistic exit will trigger the start of the feast of feasts, in which in ancient times everything was permitted and overturned. Man can hide himself and become whoever he chooses to be. Children can realise their dreams with plastic swords, masks, confetti and princely skirts. Carnival has begun.

17 January 2023.

It is night in Orotelli. The granite rocks are stalactites of ice, and the hovels of the historic centre hum, silent.

But people do not sleep. 17 January is not a day like any other in Orotelli.

Hold my hand, we will cross the central street of the village together. We will take a lane close to the town hall, that will lead us into the space where magic happens every year. The old church of St Anthony is like a queen on a throne before her devoted followers. In front of her, a great fire. It roars, it paws, it kicks hysterically, and its sparks scatter across the blue sky, generating new stars.

People are waiting.

The thunder of cowbells announces the arrival of Sos Thurpos, 'the blind ones'.

The priest makes three laps around the fire and blesses it, because now the profane has survived, blending with the sacred.

After him, the propitiatory ritual begins, which, like the days of yore, is intended to tame evil spirits and bring wealth and prosperity to the country.

That of the Thurpos is a dance but it is not a dance. It is a procession but it is not a procession. So, what is it? How can one define it?

The music they follow, the rhythm they jump to is that of nature.

One of them holds two of them anchored to a rope, and the two carry a plough on their shoulders, because one is a shepherd and the others are oxen. Yet they are equal. They are equal because Sos Thurpos tell us that man depends on the animal as much as the animal depends on man. A relationship of respect and interdependence must be established between the shepherd and the animal, otherwise there is no life, otherwise the rain does not come.

Another Thurpu, a farrier, is shoeing another one.

Another one scatters seeds on the ground, to ingratiate himself with the earth and the divine.

And the fire screeches, baptizes, kicks even harder, seems to wave its fiery arms about to participate in the ritual.

Three laps around the fire. A procession.

Then you catch a fellow villager and make him drink from the horn, and he will have to give Sos Thurpos a drink.

The spirit of Dionysus smiles, smug.

Then the village gives thanks to Sos Thurpos, offering fava and lard, or pork. Then there is dancing. Then there is singing.

The euphoria of the carnival exploded in a matter of moments and in all its impatient frenzy.

And 17 January will be repeated again, and again and again, because it is rooted in the memory of the people of Orotelli, consciously or unconsciously, from the time of the Nurrenses.